AF640832

Andrea Schomburg

Otto und der kleine Herr Knorff

Andrea Schomburg

Otto & der kleine Herr Knorff

cbj

Der Verlag weist ausdrücklich darauf hin, dass im Text enthaltene externe Links vom Verlag nur bis zum Zeitpunkt der Buchveröffentlichung eingesehen werden konnten. Auf spätere Veränderungen hat der Verlag keinerlei Einfluss. Eine Haftung des Verlags ist daher ausgeschlossen.

Dieses Buch ist auch als E-Book erhältlich.

MIX
Papier aus verantwortungsvollen Quellen
FSC® C010328

Verlagsgruppe Random House FSC® N001967

2. Auflage
© 2017 cbj Kinder- und Jugendbuch Verlag
in der Verlagsgruppe Random House GmbH
Neumarkter Straße 28, 81673 München
Alle Rechte vorbehalten
Vermittelt durch Barbara Küper Literarische Agentur
Cover- und Innenillustrationen: Stefanie Reich
Umschlaggestaltung: init | Kommunikationsdesign, Bad Oeynhausen
unter Verwendung einer Illustration von Stefanie Reich
AW • Herstellung: UK
Satz: dtp im Haus / UK
Reproduktion: Reproline mediateam, München
Druck: Alföldi Nyomda Zrt., Debrecen
ISBN 978-3-570-17375-6
Printed in Hungary

www.cbj-verlag.de

Inhalt

Das Reich der Knorffe ... 11

Knobelius Knorff ... 15

Die Ankunft ... 22

Ottos Zimmer ... 27

Herr Knorff räumt auf ... 32

Der große Streit ... 35

Ottos Familie ... 40

Ein wunderbarer Nachmittag ... 45

Familie Blumig ... 48

Der neue Anzug ... 51

Der Besuch ... 57

Die große Aufräum-Aktion ... 60

Tante Agathe ... 63

Mein Freund Knobelius ... 75

Ey Mann, wie freu ich mich ... 78

Knorffien

Das Reich der Knorffe

Weit weg von hier, mitten im Meer, liegt eine Insel. Sie heißt Knorffien. Kein Mensch kann Knorffien jemals finden, weil immer ein dichter Nebel um die Insel liegt. In Knorffien gibt es Felsen und Wälder und Höhlen. Und in diesen Höhlen leben die Knorffe.

Wenn du einen Knorff besuchen würdest – das geht ja nicht, wegen des Nebels, aber ich meine ja auch nur WENN. Also wenn du einen Knorff besuchen würdest, dann würdest du erst mal gar nicht in die Höhle reinkommen. Weil sich schon vor der Tür Massen von leeren Flaschen und Feuerholz und alte verschimmelte Pantoffeln türmen. Und wenn du das alles zur Seite geschoben hättest, dann würdest du dich in der Höhle auch fast nicht bewegen können, denn die Knorffe räumen nie auf. Überall liegen stinkige Socken und fleckige Hemden und dreckiges Geschirr und umgefallene Stühle. Du müsstest richtig durch den ganzen Müll durchwaten. Unter dem Bett wäre es so staubig, dass die Staubmäuse so groß wären wie Tennisbälle. Auf dem Bett aber, in dem ungewaschenen Bettzeug, würde ein Knorff liegen und schnarchen, dass die ganze Höhle wackelt. Knorffe schlafen nämlich fast den ganzen Tag.

Erst abends stehen sie auf und gehen zum Festplatz. Als Erstes kochen sie sich Knorffsoppe. Dazu brauchen sie Schlamm, Schneckenschleim und Popel. Ganz zuletzt spuckt noch jeder Knorff einmal kräftig in die Suppe, dann wird umgerührt, und fertig. Du kannst dir vorstellen, wie eklig das schmeckt. Schon wenn du nur Knorffsoppe sagst, kannst du dir das vorstellen. „Knorffsoppe, Knorffsoppe, Knorffsoppe …“ Aber die Knorffe finden die Soppe toll.

Knorffe können im Notfall wochenlang ohne Essen auskommen. Wenn sie aber mal reinhauen, dann richtig. Sie schubsen und knuffen sich, weil jeder zuerst was will. Und dann schlürfen sie und schmatzen und mampfen, bis sie fast platzen. Dann rülpsen sie – böööörk – und fangen an, sich zu streiten.

„Du Knollknorff!“, schreien sie. „Du Knarzkopp! Du hattest mehr Knorffsoppe als ich! Das ist ungerecht!“ Und schon geht eine wilde Klopperei los. Sie hauen sich ihre Löffel auf den Kopf und schmeißen mit den Tellern und brüllen und knuffen sich, dass es nur so kracht.

Erst wenn alle ganz erschöpft sind und überall dicke Beulen haben, hören sie auf. Sie setzen sich um das Feuer und singen zum Abschluss das Knorff-Lied.

Das geht so:

Dann rammen sie noch mal ihrem Nachbarn den Ellbogen in die Rippen und gehen nach Hause. Echt knorffiges Fest war das wieder!, denken sie. Die Knorffe lieben diese Feste. Alle Knorffe. Das heißt – einer nicht. Einer hasst diese Feste, und dieser eine ist Knobelius Knorff.

Knobelius Knorff

Wenn du Knobelius Knorff besuchen würdest – das geht ja nicht, wegen des Nebels, der die Insel umgibt, aber ich meine ja auch nur WENN. Also wenn du Knobelius Knorff besuchen könntest, dann würdest du am Eingang seiner Höhle gar keinen Müll sehen. Das Feuerholz wäre ordentlich aufgeschichtet und an der Tür würdest du ein blankgeputztes Schild sehen:

Knobelius Knorff
Bitte zwei Mal klingeln.

Wenn du dann zwei Mal klingeln würdest, würde dir ein kleiner, sehr feiner Herr die Tür öffnen.

Knobelius Knorff hat die wilden Knorff-Haare sorgfältig zu einer ordentlichen Frisur zurechtgekämmt. Sie stehen zwar immer noch ein bisschen ab, aber das haben Knorff-Haare eben so an sich. Er trägt keine dreckige Latzhose wie die andern Knorffe, sondern einen hübschen Anzug mit orangefarbener Fliege. Sein Unterhemd ist blütenweiß. Seine Schuhe sind so blank poliert, dass man sich in ihnen spiegeln kann. Nur an seiner großen Knollnase, seinen Knorffohren und seinem Knorffgesicht würde man überhaupt erkennen, dass er ein Knorff ist.

„Knobelius Knorff mein Name“, würde er sagen und sich verbeugen. „Sehr erfreut, Ihre Bekanntschaft zu machen. Treten Sie näher. Wenn ich Sie jedoch vorher bitten dürfte, Ihre Schuhe vor der Türe abzulegen? Ich halte Filzpantoffeln für meine Gäste bereit.“

Im Flur würdest du mindestens zehn Paar Filzpantoffeln in verschiedenen Größen sehen, ordentlich nebeneinander aufgereiht. Du würdest dir ein Paar aussuchen, und dann dürftest du eintreten.

Wenn man in die Höhle von Herrn Knorff kommt, denkt man zuerst, der Fußboden wäre nass. Aber das stimmt nicht. Er ist nur so glänzend gebohnert. Nichts liegt rum, absolut nichts.

Vor dem Bett mit der schneeweißen Bettwäsche stehen

auf den Millimeter genau nebeneinander seine Pantoffeln. Im Schrank liegen die Hemden säuberlich Kante auf Kante. Am Haken neben der Tür hängt sein gelber Hut mit dem orangefarbenen Hutband, auf der Kommode liegt ein Paar weiße Handschuhe.
Es riecht nach Seife und Blumen, denn Herr Knorff hat immer eine Vase mit einem Blumenstrauß auf seiner frisch gebügelten Tischdecke stehen.
Du würdest in den Filzpantoffeln über den spiegelglatten Boden zum Tisch gleiten. Aber bevor du dich hinsetzen könntest, würde Herr Knorff rufen: „Einen Augenblick noch, wenn ich bitten darf! Ihre Kleidung scheint mir nicht ganz sauber zu sein, wenn ich mir die Bemerkung erlauben darf. Warten Sie eine Sekunde-Sekunde."
Herr Knorff wiederholt manchmal Wörter, vor allem, wenn er ein bisschen aufgeregt ist. Und Besuch wäre natürlich etwas Mega-aufregendes für jemanden wie Herrn Knorff! Er würde eilig ein Handtuch holen und es sorgfältig auf einen Stuhl legen. „Bitte!", würde er sagen und auf den Stuhl mit dem Handtuch deuten. „Nehmen Sie nun gerne Platz."
So ist Herr Knorff. Wenn es abends auf dem Festplatz

Knorffsoppe gibt, stellt Knobelius Knorff sich höflich hinten an. Wenn ihn ein anderer Knorff anrempelt, sagt Knobelius Knorrf: „Oh, bitte entschuldigen Sie tausendmal, das war keine Absicht!“ Obwohl es ja der andere Knorff war, der gerempelt hat!

Meistens gibt es keine Knorffsoppe mehr, wenn Knobelius Knorff endlich an der Reihe ist. Aber das macht ihm nichts aus, weil er Knorffsoppe sowieso nicht ausstehen kann. Er setzt sich ganz an den Rand des Festplatzes und pflückt sich ein paar Himbeeren. Dabei passt er sehr auf, dass er sich keine Flecken auf seinen frisch gebürsteten Anzug macht. Und am meisten passt er auf, wenn die Rauferei anfängt. Streit, Zoff und Klopperei hasst er noch mehr als Knorffsoppe. Am liebsten würde er gar nicht zu den Knorff-Festen gehen, aber das muss jeder Knorff, da gibt es keine Ausnahmen. Er macht sich ganz klein auf seinem Platz am Rand, hält sich die Ohren zu und zieht den Kopf ein.

„Du langweiliger Knarzkopp!“, sagen die andern Knorffe zu ihm. „Du Nieselpamp! Du Pieselplopp!“ Manchmal hauen sie ihm seinen schönen Hut herunter und spielen damit Fußball, bis er ganz zerbeult ist.

„Dein blöder pinkelgelber Hut,
der ist ja bloß als Fußball gut!“,

grölen sie. „Du öliger Knollknorff! Du – du – du MENSCH!!!“

„Mensch“ ist das schlimmste Schimpfwort, das man in Knorffien jemandem an den Kopf werfen kann. Noch viel schlimmer als Knarzkopp, Knollknorff oder Nieselpamp. Denn die Menschen, das weiß jeder Knorff, sind das Langweiligste, was es überhaupt gibt. Immer räumen sie alles auf. Ständig putzen sie. Immer sind sie so bescheuert höflich. Andauernd verbeugen sie sich. Nie kloppen sie sich, nie gibt es mal einen richtig tollen Streit. Nie haben sie so richtig knorffigen Spaß. Und leckere Knorffsoppe gibt es natürlich auch nicht.

Deswegen macht auch jeder Knorff einen weiten Bogen um die Dunkelschlucht mitten im Wald. Denn wer in die Dunkelschlucht fällt, der wird – schlürf – genau in die Welt der Menschen gesaugt und muss dort mindestens 13 Monate bleiben. Und das, denken alle Knorffe, ist ja wohl das Allerschlimmste, was einem Knorff passieren kann.

Das heißt – einer denkt das nicht. Einer denkt jeden Tag: Wäre ich doch bei den Menschen! Einer setzt eines Nachts seinen Hut auf, bindet seine Fliege zu einer ordentlichen Schleife, schleicht zur Dunkelschlucht und stürzt sich hinein. Und dieser eine ist Knobelius Knorff. Lange fällt er durch eine weiche Dunkelheit, und die ganze Zeit freut er sich auf sein stilles, friedliches, ordentliches, geregeltes Leben bei den Menschen.
Er landet genau in Ottos neuem Schulranzen.

Die Ankunft

Natürlich weiß Herr Knorff nicht, dass er in Ottos neuem Schulranzen sitzt. Um ihn ist es dunkel, es riecht neu und frisch, nach Leder und Plastik. Die Menschen!, denkt Knobelius Knorff begeistert.

Alles neu und frisch und toll
und nichts gammelig und oll!

Und dann hört er zum ersten Mal in seinem Leben eine Menschenstimme.
„Was fällt dir ein!“, schreit die Stimme. Knobelius Knorff zuckt zusammen, obwohl er ja gar nicht gemeint ist.
„Raus aus meinem Zimmer, du blöde Kuh! Immer machst du mir alles kaputt!“
„Das geschieht dir ganz recht!“, kreischt eine andere Stimme. „Du hast die ganze Schokocreme aufgefressen!

Die wollte ich doch haben. Mama! Der haut mich immer!“

„Gar nicht wahr! Du hast mich zuerst geziept!“

Eine Tür öffnet sich.

„Jetzt hab ich aber genug!“, schreit eine dritte Stimme. „Hört endlich auf, euch zu streiten! Lisa, du gehst in dein Zimmer! Otto, du bleibst hier in deinem Zimmer! Und jetzt will ich nichts mehr von euch hören! Kann man denn in diesem Haus nicht ein Mal in Ruhe arbeiten!“

Eine Tür knallt zu.

Zitternd hockt Knobelius Knorff in der Dunkelheit. Das ist ja schlimmer als in Knorffien! Wo ist er denn hier hingeraten?

„Oh großer Knorff, oh schriller Schreck,
ich will hier weg, ich will hier weg!“,

stöhnt er leise.
Aber dann fällt ihm ein: Er kann nicht weg! Nach den Gesetzen von Knorffien muss er ja erst mal bei dem Menschen bleiben, bei dem er gelandet ist.
Etwas entfernt hört Knobelius Knorff immer noch wütendes Kreischen. Der, der in diesem Zimmer wohnt – Otto heißt er also – grummelt in sich hinein. Es gibt knallende Geräusche, als ob er gegen etwas tritt. Knobelius wird plötzlich durchgeschüttelt und an die Wand des Behälters geschleudert, in dem er sitzt.
„Autsch!“, jammert er. „Ich darf doch wohl um etwas mehr Rücksichtnahme bitten!“
Die Geräusche hören auf. Über Knobelius’ Kopf öffnet sich eine Klappe. Es wird hell und dann wieder ein bisschen dunkler, weil ein Kopf sich über die Öffnung beugt.
„Was ist das denn?“, murmelt Otto.
Etwas bewegt sich unten in seinem neuen Schulranzen. Etwas Bräunliches. Was kann das denn sein? Etwa eins von den Eichhörnchen, die in der Tannenhecke wohnen?

Otto ist ganz aufgeregt. Ein Eichhörnchen könnte er zähmen und ihm Nüsse geben und … Er hätte so gern ein Tier, nur für sich allein! Nicht gerade einen Hund, Hunde sind ihm manchmal nicht ganz geheuer …
Bloß – wie hätte ein Eichhörnchen in seinen Schulranzen kommen können? Und so richtig wie ein Eichhörnchen sieht das da unten eigentlich auch nicht aus. Komisch!
Otto stellt seinen riesigen Mexikanerhut vom Karneval umgekehrt auf den Boden, dreht seinen Schulranzen um und schüttet ihn langsam und vorsichtig über dem Mexikanerhut aus.
Aus dem Schulranzen purzelt ein ziemlich kleiner Herr, der seinerseits eine Art Mexikanerhut trägt, allerdings einen winzig kleinen und mit orangefarbenem Band. Der kleine Herr rappelt sich auf, nimmt den Hut ab und verbeugt sich.
„Einen wunderschönen guten Tag-Tag!", sagt er. „Knorff mein Name. Knobelius Knorff. Sehr erfreut, Ihre Bekanntschaft zu machen."
„Otto Wohlgemut mein Name", stammelt Otto automatisch. Er ist so überrascht, dass er gar nicht dazu kommt, sich zu erschrecken. Vorsichtig hebt er Knobelius

Knorff aus dem Mexikanerhut und stellte ihn behutsam auf den Boden. Knobelius schaut sich um. Seine Augen werden größer und größer. Er kneift sie zu und reißt sie wieder auf. Und er kann einfach nicht glauben, was er sieht.

Ottos Zimmer

Wenn ein Orkan durch dein Zimmer gefegt wäre und fast alle deine Spielsachen und Bücher und Anziehsachen durcheinandergewirbelt hätte, dann würde dein Zimmer ungefähr so aussehen wie Ottos Zimmer jetzt. Bei Otto liegt mitten zwischen den Klamotten und Legosteinen und Spielzeugautos auch noch ein angefangenes Bild auf dem Teppich. Daneben ein offener Farbkasten und ein Glas mit dreckigem Wasser, in dem zwei Pinsel stecken. Und ein Haufen bunter Papierschnipsel. Vom

Hochbett schlabbert die Bettdecke runter bis auf den Boden.
„Ach, du großer Knorff-Knorff!“, murmelt Herr Knorff. „Wäre ich bloß in meiner gemütlichen Höhle in Knorffien geblieben!“
„Ist dir nicht gut?“, fragt Otto. „Du siehst so blass aus.“
Jetzt schaut Knobelius auch Otto genauer an.
Ottos Haare stehen wild in alle Richtungen ab. Seine Finger sind mit Wasserfarbe beschmiert, auch seine Hose hat ein bisschen was abgekriegt.
Überall auf dem Boden liegen stinkige Socken und dreckige T-Shirts.
Und: Otto streitet und kloppt sich mit den andern, die hier im Haus wohnen, das hat Herr Knorff eben selbst gehört.
Herr Knorff fängt an zu zittern.
„D-d-d-darf ich mir erlauben …“, stammelt er. „N-n-n-nur, b-b-b-bitte eine Frage-Frage …“
„Klar“, sagt Otto und kratzt sich an seinem linken dicken Zeh, der aus einem Loch in seinem Socken herausschaut.
„Sind Sie …? B-b-b-bist du … – äh wirklich – ein M-M-Mensch-Mensch?“

„Was soll ich denn sonst sein?“, fragt Otto erstaunt. „Ein Meerschweinchen?“

„Nein, nein“, beeilt sich Knobelius Knorff zu versichern. „Ich dachte nur, äh, nur – ach, nichts.“

Er lehnt sich an Ottos Schreibtisch. Seine Beine fühlen sich schwach und wackelig an. Am liebsten würde er weinen.

„Aber du, was bist du denn für einer?“, fragt Otto. „Und wie kommst du in meinen Schulranzen?“

Knobelius zieht sein gestärktes Taschentuch aus der Tasche, wedelt die Staubflusen von einem Stück Teppichboden und lässt sich vorsichtig nieder.

Dann erzählt er. Aber er erzählt nicht, dass die Knorffe fast genauso sind wie Otto und seine Familie. Er sagt nur, dass er sich ein bisschen in der Welt der Menschen umsehen wollte und dass er nach den Gesetzen von Knorffien jetzt bei Otto bleiben wird.

„Ach so?“, sagt Otto. Er ist sich nicht sicher, ob ihm das gefällt. Aber rausschmeißen will er Knobelius natürlich auch nicht.

„Na dann“, sagt Otto. „Dann mach es dir bequem. Du kannst in meiner Legokiste schlafen, die Legosteine sind da meistens sowieso nicht drin. Ich leg dir nachher noch eine kleine Decke und ein Kissen rein. Aber jetzt muss ich los, zum Fußballtrainig. Matschiger Modder-Mist, schon so spät!“

Herr Knorff hebt seinen pieksauberen Zeigefinger. „Wenn ich mir eine Bemerkung erlauben darf:

Oft ist es später als geahnt,
da hilft es, wenn man vorher plant.
Dies spart dir Eile, Stress und Hast
und auch so manche andre Last.“

Otto merkt, wie es ihm immer weniger gefällt, dass dieser merkwürdige Herr bei ihm bleiben will. Er antwortet nicht und sucht seine Fußballsachen zusammen. „Matschiger Modder-Mist“, murmelt er vor sich hin, „wo ist denn bloß mein zweiter Fußballschuh?“
„Dort-dort“, sagt Knobelius Knorff und deutet mit seinem pieksauberen Zeigefinger neben das halb fertige Bild. „Und falls du deinen Ball benötigen solltest, der ist eben unters Bett gerollt. Darf ich mir noch eine Bemerkung erlauben: Du könntest viel Zeit sparen, wenn du alle deine Sachen stets an ihren richtigen Platz-Platz legen würdest.“
„Nein, du darfst dir die Bemerkung nicht erlauben!“, ruft Otto. „Meine Sachen sind alle an ihrem richtigen Platz!“ Er wirft Knobelius einen wütenden Blick zu, stopft die Fußballsachen in seinen Rucksack und rennt aus dem Zimmer.

Herr Knorff räumt auf

Knobelius Knorff denkt nach. Wenn er hierbleiben soll, denkt er, dann muss er als Erstes aufräumen. In so einer Unordnung kann sich ja niemand wohlfühlen!

Knobelius zerrt ein Tempotaschentuch aus der Packung, die auf Ottos Schreibtisch liegt, und poliert die Tischplatte. Er legt die Stifte genau der Größe nach nebeneinander. Er rutscht am Kabel der Schreibtischlampe zu Boden. Er rollt

die Autos alle nebeneinander unter den Schrank. Er schleppt die Legosteine und die Klötzchen in die Spielzeugkisten. Er verstaut die Bücher im Regal und sortiert sie nach Größe und Farben. Er faltet alle Anziehsachen zusammen, trägt sie in den Schrank und schiebt die Schranktür zu. Das unordentliche Bild wirft er in den Karton mit dem Altpapier. Die Papierschnipsel schmeißt er in den Mülleimer. Das Glas mit den Pinseln schleppt er unter den Schreibtisch, wo man es nicht sieht. Zuletzt klettert er aufs Bett und hievt Stück für Stück die Bettdecke

hoch. Nur gut, dass Knorffe zwar klein, aber trotzdem ziemlich stark sind.
Uff! Geschafft! Knobelius Knorff wischt sich den Schweiß aus dem Gesicht. Vom Hochbett aus hat er einen guten Überblick. Stolz schaut er auf das ordentliche Zimmer, in dem nichts, aber auch gar nichts mehr herumliegt. Wie wird Otto sich freuen! Herr Knorff sieht Ottos strahlendes Gesicht geradezu vor sich!

Knobelius, du bist mein Held!
Wie mir mein Zimmer jetzt gefällt!
Genauso, wie ich's stets erträumt!
Das hast du super aufgeräumt!

So etwas in der Art wird Otto sagen, denkt Herr Knorff. Und in Zukunft wird Otto dann bestimmt ganz von selbst aufräumen, wenn er erst einmal merkt, wie wohl man sich in einem ordentlichen Zimmer fühlt.
Herr Knorff kuschelt sich zufrieden auf Ottos Kopfkissen. Nur einen kleinen Augenblick ausruhen! Aber da fallen ihm schon die Augen zu, und – zack! – ist er eingeschlafen.

Der große Streit

Knobelius Knorff wacht davon auf, dass ihn jemand rüttelt. Erschrocken reißt er die Augen auf. Genau über sich sieht er Ottos Gesicht. Und dieses Gesicht strahlt nicht. Es ist wütend. Noch nie, noch nicht einmal in Knorffien, hat Knobelius Knorff ein so wütendes Gesicht gesehen.

„Was hast du mit meinem Zimmer gemacht, du verrückter Kobold?!", schreit Otto. „Wo ist meine Straßenlandschaft? Wo ist die Höhle unter meinem Bett? Ich hab da extra die Bettdecke davorgehängt! Wo sind meine

Bücher? Die hatte ich extra offen liegen lassen! Jetzt weiß ich nicht mehr, wo ich war! Wieso hast du meine Papierschnipsel in den Müll geschmissen? Die hatte ich mir für mein Bild zurechtgelegt! UND WO IST ÜBERHAUPT MEIN BILD????"

Mit zitternden Fingern zeigt Knobelius auf die Altpapierkiste.

Otto wühlt sein Bild hervor. Er legt es auf den Schreibtisch, setzt sich auf den Schreibtischstuhl und streckt seine Füße aus. Etwas klirrt.

„Vorsicht!", schreit Knobelius. Zu spät. Auf dem Teppich unter dem Schreibtisch breitet sich langsam ein schmutzig-brauner Fleck aus.

„WIE KOMMT DAS GLAS MIT DEM FARBWASSER UNTER MEINEN SCHREIBTISCH?", brüllt Otto.

„Ich habe – ich wollte – es sollte doch nur hübsch aussehen und nichts rumstehen!", jammert Herr Knorff.

„Du pingeliger Pavianpups!", schreit Otto. „Du dämlicher Wichtigtuer! Du – du – du blöder Knollknorff!"

Die Tür geht auf und Ottos Mutter steht im Zimmer.

„Oh, großer Knorff!", denkt Knobelius Knorff. „Jetzt gibt's RICHTIG Ärger!"

„Na, mein Fußballheld“, sagt Ottos Mutter. „Was ist das denn für ein Krach hier, übst du für eure Theateraufführung?“ Sie geht zu Otto und wuschelt ihm durch die dichten Haare. Dabei fällt ihr Blick auf den Fleck.
„Das war nicht meine Schuld!“, ruft Otto. „Der da ...! Der da hat ...!“
Otto zeigt zum Bett. Auf dem Kopfkissen liegt niemand mehr. Aber unter der Bettdecke ist ein kleiner Huckel, der vorher nicht da war.
Frau Wohlgemut bemerkt den Huckel nicht. Sie lacht. „Ach so, der da. Das ist wahrscheinlich derselbe, der vorhin den letzten Rest Schokocreme aus dem Glas gekratzt hat. Lisa wollte eigentlich auch noch was. Aber jetzt hol dir mal einen Lappen und tupf die Farbe auf, so gut es geht. Und der Rest bleibt eben drin im Teppich. Das ist dann ein echtes Otto-Kunstwerk! Ich fand den Teppich sowieso immer ein bisschen langweilig.“
Herr Knorff unter der Bettdecke traut seinen Ohren nicht.
Die Frau da ist ja wohl Ottos Mutter, denkt er. Und die Mütter im Menschenland, das weiß jeder in Knorffien, achten strengstens auf Ordnung und Sauberkeit. Aber

diese Mutter macht Witze über einen riesigen Fleck im Teppich! Das ist ja merkwürdig, denkt Knobelius. Und sie hat gar nicht gemerkt, wie schön ich aufgeräumt habe. Das ist ja noch merkwürdiger!
„Hier", sagt Otto, als er das Wasser aufgetupft hat, und pfeffert ein Kissen und eine kleine Decke in die Legokiste. „Wehe, du räumst jemals wieder mein Zimmer auf, du Lauch, dann kannst du in der Rumpelkammer schlafen!"
„In der Schrumpelklammer?", fragt Herr Knorff.
Otto verdreht die Augen. „Komm mit, ich zeig sie dir."
Er steigt mit Herrn Knorff die Treppe zum Dachboden hinauf und öffnet eine schmale Tür. „Quiiiiitsch!", macht die Tür, und „Illhhh!", quietscht Herr Knorff …
Die kleine Kammer ist voll von abgelaufenen Marmeladengläsern und platten Fahrradreifen und zerdellten Bällen und kaputten Tennisschlägern und zerfledderten Büchern und alten Kleidern und abgetretenen Schuhen. Es riecht nach Staub und modrigem Papier. Spinnweben hängen in den Ecken und vor dem dreckigen Dachfenster. Jeder echte Knorff würde hier sofort einziehen.
„Hier kommt alles rein, was wir nicht mehr brauchen",

sagt Otto drohend. „Und dich brauchen wir bestimmt nicht, wenn du weiter so aufräumst!“

„Ich werde nie wieder etwas in deinem Zimmer anfassen!“, stammelt Herr Knorff. „Ich schwöre!“

„Na dann“, sagt Otto.

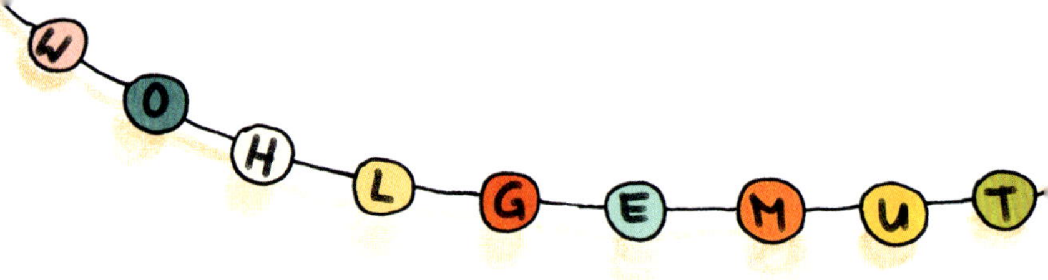

Ottos Familie

„Wehe, du räumst jemals wieder mein Zimmer auf“, hat Otto gesagt. Aber von den anderen Zimmern hat er nichts gesagt. Und die, findet Herr Knorff, haben es genauso nötig. Überall steht und liegt was rum, das ganze Haus ist wie eine einzige Knorffhöhle, denkt Knobelius. Aber daran kann man ja was ändern.

Ordentlich und hübsch und blank
ist bald alles – Knorff sei Dank!,

summt Herr Knorff vor sich hin. Und dann macht er sich an die Arbeit, als am nächsten Vormittag alle zusammen in den Zoo gehen und Herr Knorff alleine ist.

„Wo ist meine Lieblingsgabel?“, kreischt Lisa.
Die Lieblingsgabel steckt im Blumentopf und in die

Blumenerde hat jemand mit der Gabel ein wellenförmiges Muster geharkt.

„Wieso ist der Fußboden in meinem Labor plötzlich poliert?“, jammert Herr Wohlgemut und hält sich eine dicke Beule.

Herr Wohlgemut ist Erfinder. „Ich bin ausgerutscht und hab zwölf Reagenzgläser vom Tisch gerissen. Zwölf! Das war die Arbeit von drei Monaten!“

„Ja, lebe ich denn in einem Irrenhaus?“, schreit Frau Wohlgemut. „Jemand hat die Papiere in meinem Arbeitszimmer zu genau gleich großen Häufchen geschichtet!“

Frau Wohlgemut schreibt Bücher, und in ihrem Zimmer gibt es für jede Geschichte einen Papierstapel. Große Stapel für lange Geschichten, kleine Stapel für Kurzgeschichten, mittlere Stapel für Kinderbücher und riesige Stapel für Erwachsenenromane. Es hat ausgesehen wie ein unordentliches Gebirge, hat Herr Knorff gedacht.

„Jetzt muss ich alles wieder auseinandersortieren!“, schreit Frau Wohlgemut. „Wer war das?“

Otto versucht zu erklären, dass seit ein paar Tagen ein kleiner, sehr ordentlicher Herr im Haus lebt, und der …

Frau Wohlgemuth seufzt. „Lieber Otto“, sagt sie. „Du hast es gut gemeint mit meinen Papieren, du wolltest mir eine Freude machen, aber bitte mach so was nie wieder. Allerdings – das mit dem kleinen ordentlichen Herrn, das ist eine hübsche Idee.“ Frau Wohlgemut überlegt. „Eine richtig schöne Kindergeschichte könnte das werden.“

„Hübsche Idee!“ Herr Knorff in seinem Versteck schnaubt empört. Er ist keine Idee! Er ist ganz und gar wirklich. Er könnte ja sofort rauskommen und es beweisen. Aber er hat keine Lust. Diese Familie verdient ihn gar nicht! Solche Mühe hat er sich gegeben, damit es in diesem Haus ein bisschen netter und ordentlicher wird, und was ist der Dank? Bitte, dann lässt er das eben mit dem Aufräumen!
Schmollend sitzt Herr Knorff in Ottos Zimmer. Wenn es wenigstens nicht so laut wäre! Ständig toben Otto und Lisa mit ihren Freunden durchs Haus und durch den Garten. Fast jeden Tag streiten sie sich, dass die Fetzen fliegen und die Wände wackeln. Manchmal streiten sich auch Herr und Frau Wohlgemut. Dann wackeln die Wände noch mehr.

Aber meistens lachen sie zusammen. Ganz schön albern für erwachsene Menschen, findet Herr Knorff.

Nur einmal, als Herr Knorff schon fast eine Woche bei Otto ist, lachen sie nicht, und sie streiten sich auch nicht. Sie sitzen mit ernsten Gesichtern im Wohnzimmer und reden über jemanden, der Tante Agathe heißt.

„Wenn wir hier rausfliegen, das überlebe ich nicht!“, sagt Frau Wohlgemut.

Fliegen?, denkt Herr Knorff, der hinter dem Sofa auf

einer leeren Keksdose sitzt. Natürlich überlebt sie das nicht. Menschen können doch gar nicht fliegen, die stürzen doch sofort ab!

„Wir machen hier alles picobello", sagt Herr Wohlgemut. „Du wirst sehen."

Picobello? Was heißt das denn?, denkt Herr Knorff.

Frau Wohlgemut nickt. „Ich schreib nur noch meine Geschichte zu Ende. Und dann rauschen wir hier richtig ran."

Wie, wir rauschen ran?, denkt Herr Knorff.

„Ja", sagt Herr Wohlgemut, „da wird uns wohl nichts anderes übrigbleiben. Aber wir haben ja noch ein bisschen Zeit."

Zeit wozu?, denkt Herr Knorff.

Diese Menschen sind wirklich merkwürdig.

Wäre ich doch wieder in Knorffien, denkt Knobelius, da hätte ich wenigstens meine eigene gemütliche Höhle. Wenn ich gewusst hätte, wie die Menschen wirklich sind, hätte ich mich nie in die Dunkelschlucht gestürzt! Die sind ja schlimmer als alle Knorffe zusammen!

Menschen!, denkt Herr Knorff. Und zum ersten Mal denkt er es wie ein besonders schlimmes Schimpfwort.

Ein wunderbarer Nachmittag

Eines Mittags sitzt Herr Knorff trübsinnig in Ottos zugemülltem Zimmer, in dem er nicht das kleinste Fitzelchen aufräumen darf. Jedes Mal, wenn er den Fleck in Ottos Teppich anschaut, muss er an seinen ersten Tag bei Otto denken. Wie gut er es gemeint hat. Wie viel Mühe er sich gegeben hat. Und wie alles so schiefgegangen ist. Aber jetzt schaut er gerade nicht auf den Fleck, sondern aus dem Fenster. Und da sieht er etwas ganz und gar Wunderbares.

In dem gepflegten Nachbargarten kehrt eine Frau ihre Terrasse. Eine Menschenfrau. Kehrt. Ihre Terrasse.

Oh, großer Knorff!, denkt Herr Knorff.

Danach seift die Frau ihre Terrassenmöbel ein, bis sie schneeweiß in der Sonne glänzen.

Herr Knorff beugt sich ein bisschen vor, um alles besser erkennen zu können. Er kaut vor Aufregung an seinen Fingernägeln.
Die Frau legt eine saubere Tischdecke auf ihren Gartentisch, lässt die blau-weiß gestreifte Markise herunter und deckt den Tisch.
Zwei Kinder kommen auf die Terrasse. Sie setzen sich gerade und ordentlich an den Tisch und alle essen gemeinsam. Dabei unterhalten sie sich höflich. Niemand streitet, niemand schmiert mit dem Essen rum.
Herr Knorff kann kaum atmen vor Glück.
Die Kinder helfen beim Abräumen. Die Nachbarin kehrt mit einem silbernen Tischbesen die Krümel vom Tisch, bevor sie die Decke abnimmt. Danach putzt sie alle Fenster. Sie seift auch die Fensterrahmen ab und entfernt mit einem Besen die Spinnweben unter dem Balkon. Schließlich schneidet sie noch die verwelkten Rosenblüten ab und harkt ein Muster in den Gartenweg.
Knobelius Knorff tanzt und jubelt auf seinem Fensterbrett. Er wirft seinen gelben Hut in die Luft. Er denkt sich ein neues Lied aus und singt es den ganzen Nachmittag:

Sauber, ordentlich und rein,
ja, so sollen Menschen sein!

Und als Otto am Abend vom Fußballspielen kommt, steht Herrn Knorffs Entschluss fest.

„Ich verreise für ein paar Tage“, sagt er zu Otto. „Ich ziehe zu euren Nachbarn gegenüber.“

„Zu Blumigs?“, fragt Otto. „Das mach nur. Da wird's dir gefallen.“ Seine Stimme klingt nicht sehr freundlich.

„Aber sag mal, ich denke, du musst hier bei uns bleiben?“

„Zu Besuch darf man woandershin. Es wird wohl ein längerer Besuch werden, denke ich.“

„Von mir aus kannst du da hundert Jahre bleiben“, sagt Otto. „Viel Spaß!“

Und schon am nächsten Morgen schleicht Herr Knorff aus dem Haus und macht sich auf den Weg zu Familie Blumig.

Familie Blumig

Es hat die ganze Nacht geregnet. Auf dem Pfad zwischen den Häusern muss Herr Knorff durch Matsch und Schlamm waten, aber das fällt ihm gar nicht auf, so froh ist er. Endlich kann er bei Menschen sein, die so sind wie er. Bei Menschen, die sich freuen werden, dass es ihn gibt! „Sauber, ordentlich und rein …“, singt er.

Als er vor Blumigs Haus steht, geht die Haustür auf und Herr Blumig und die Kinder kommen heraus. Was für ein Glück! Herr Knorff kann ins Haus flitzen. Eilig und aufgeregt wuselt er ins Wohnzimmer und krabbelt auf den Sofatisch.

Frau Blumig räumt gerade den Frühstückstisch ab. Herr Knorff stellt sich aufrecht hin. Dann verbeugt er sich, schwenkt seinen Hut und sagt: „Einen wunderschönen guten Tag-Tag, hochverehrte Frau Blumig. Erlauben Sie mir, mich vorzustellen. Knorff mein Name, Knobelius Knorff. Sehr erfreut, Ihre Bekanntschaft zu machen."
Frau Blumig schreit auf und lässt das Tablett fallen. Ihr Gesicht ist so weiß wie das Tischtuch.
„Ganz ruhig, Sibille Blumig." stammelt sie. „Es ist alles in Ordnung. Du siehst gerade keinen kleinen Mann mit großen Ohren auf deinem Sofatisch. Es ist nur – äh – ein Eichhörnchen. Ein dickes Eichhörnchen, das hier irgendwie reingekommen ist. Ein sehr, sehr DRECKIGES Eichhörnchen! Igitt! Bestimmt hat es auch noch Flöhe!"
Jetzt erst sieht Herr Knorff die braunen Matsch-Spuren, die er überall auf dem weißen Teppichboden hinterlassen hat.
„Oh, bitte entschuldigen Sie tausendmal, hochverehrte Frau Blumig!", stottert er. „Ich werde selbstverständlich sofort …"
„Raus, du ekliges Vieh", kreischt Frau Blumig. „Und wage es ja nicht, auch noch auf meinen Teppich zu pinkeln!"

„Aber hochverehrte Frau Blumig-Blumig“, säuselt Herr Knorff. „Ich würde doch niemals …“

Frau Blumig hält sich die Ohren zu. „Ich muss ganz ruhig bleiben!“, stammelt sie. „Ganz, ganz ruhig! Das Eichhörnchen hat nicht gesprochen. Eichhörnchen können nicht sprechen.“

Frau Blumig rast zur Terrassentür und macht sie weit auf. Dann reißt sie die Tischdecke vom Esstisch. Klirr! Platsch! Schepper! Alles, was auf dem Tisch war, knallt auf den weißen Teppichboden.

„Raus!“, kreischt Frau Blumig und scheucht Herrn Knorff mit der Tischdecke zur Tür. „Raus jetzt!“

Herr Knorff rennt. Hinter ihm flattert die Tischdecke wie ein böses Gespenst.

Whamm!, die Terrassentür knallt zu. Ratsch! Frau Blumig hat den Vorhang vorgezogen. Herr Knorff steht alleine und verdattert auf der Terrasse.

Es regnet. Es regnet, als hätte jemand im Himmel alle Wasserhähne aufgedreht. Herr Knorff ist im Handumdrehen patschnass.

Und jetzt?

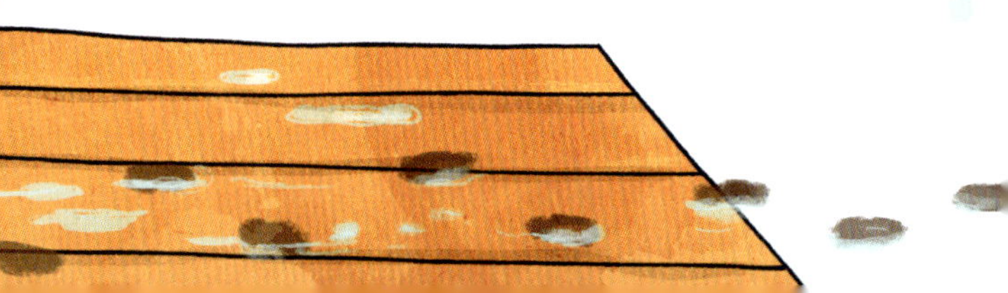

Der neue Anzug

Triefnass und traurig schlappt Knobelius durch den Regen und die Pfützen zurück zu Ottos Haus. Niemand will ihn hier in der Welt der Menschen. Otto nicht, und jetzt hat ihn auch noch Frau Blumig rausgeschmissen. Der Wind fegt ihm den Hut vom Kopf, gerade kann er ihn noch aus einer Pfütze angeln. Der Schlamm spritzt. Als Herr Knorff vor Ottos Haustür steht, ist er nass bis auf die Haut und zittert vor Kälte.

Am liebsten würde er gar nicht zu Otto zurückgehen. Wie wird sich Otto über ihn lustig machen! Der findet ihn ja sowieso blöd. Aber es ist die einzige Bleibe, die Knobelius Knorff hat. Er muss fast ein bisschen weinen. Wäre er doch bloß in Knorffien geblieben!

Schlotternd steht er vor der Haustür, bis sie aufgeht und Lisa mit ihren Eltern herauskommt. Herr Knorff witscht unbemerkt ins Haus. Als er zu Ottos Zimmer schlappt, hinterlässt er dreckige Fußspuren im Flur und auf der Treppe. Nur gut, denkt er, dass ein bisschen Dreck mehr oder weniger hier nicht auffällt.

Otto steht in seinem Zimmer und malt gerade ein Krokodil an die Wand.

Als Herr Knorff sich durch die Tür schiebt, lässt er den Pinsel fallen. „Du schon wieder!“, grummelt er. „Das war ja ein kurzer Besuch. War wohl nicht so toll bei den Blumigs?“

Herr Knorff lässt den Kopf hängen. „N-n-nein“, murmelt er und muss schlucken. „Sie – sie haben mich rausgeschmissen. Weil ich so dreckig war.“

„Na ja“, sagt Otto. „Sehr sauber bist du wirklich nicht.“ Er holt einen Handspiegel aus dem Bad und hält ihn Herrn Knorff vor. Herr Knorff erkennt sich fast nicht wieder: Seine Schuhe sind mit Dreck beschmiert, sein Anzug ist voller Schlamm, seine Hände sind schwarz, sein Hut ist schlapp und durchweicht. Sogar in den Haarspitzen sitzt der Dreck.

„Du bist vielleicht ein Eumel“, brummt Otto. „Erst haust du ab, weil’s dir bei uns nicht gefällt, und dann kommst du zurück und ertrinkst auf dem Weg fast in den Pfützen. So ’n Mini-Winz wie du sollte bei dem Wetter gar nicht rausgehen.“

Herr Knorff niest. „Wäre es möglich … “, stammelt er. „Könnte ich eventuell …“

Er sieht so unglücklich und bedröppelt aus, dass Otto vergisst, wie sehr Herr Knorff ihn genervt hat. „Warte kurz“, sagt er. „Bin gleich wieder da.“

Schon nach ein paar Minuten ist Otto zurück. Er trägt eine flache geblümte Salatschüssel, aus der es dampft. Es riecht nach Rosen und Flieder. Vorsichtig stellt Otto die Schüssel auf den Boden. „Hier, du Eumel“, sagt er. „Da drin kannst du baden und dich aufwärmen. Meine Mama macht uns auch immer ein heißes Bad, wenn wir im Winter draußen gespielt haben und so durchgefroren sind. Ich hab Badeschaum ins Wasser getan. Inzwischen guck ich mal, ob ich was zum Anziehen für dich finde. Deine nassen Klamotten kannst du ja erst mal nicht wieder anziehen.“

Er legt Herrn Knorff ein Gästehandtuch hin und geht

aus dem Zimmer. Herr Knorff pellt sich aus den nassen Sachen und klettert in das duftende, schaumige Wasser. Ah, tut das gut! Ihm wird überall warm, sogar ums Herz wird ihm warm. Noch nie hat jemand so gut für ihn gesorgt! Eigentlich hat überhaupt noch nie jemand für ihn gesorgt. Die Knorffe sorgen ja nicht für die anderen Knorffe, jeder lebt für sich allein.

Herr Knorff taucht den Kopf unter Wasser und spült sich den Dreck aus den Haaren. Und als er sich ganz sauber fühlt und wieder völlig aufgewärmt ist, klettert er aus der Schüssel und wickelt sich in das Handtuch. Für ihn ist es so groß wie ein Badelaken.

„Hier“, sagt Otto, als er wiederkommt, „das ist das Einzige, was ich gefunden habe, was dir passen könnte.“

„Allerverbindlichsten Dank!“, sagt Herr Knorff und verbeugt sich. „Auch für das heiße Bad. Das hat mir – äh – sehr gutgetan.“

Otto verbeugt sich zurück. „Keine Ursache“, grinst er und spricht wie Herr Knorff. „Sehr gern geschehen.“

„Dann werde ich mich jetzt anziehen“, sagt Herr Knorff. „Wenn du dich bitte umdrehen würdest?“

Otto dreht sich um. Hinter seinem Rücken hört er Herrn Knorff murmeln und ächzen, als er sich in die Klamotten zwängt.

„Du kannst jetzt gucken“, sagt Herr Knorff. „Von Heiterkeits-Bekundungen bitte ich abzusehen.“

„Hä?“, fragt Otto.

„Wehe, du lachst!“, sagt Herr Knorff und hebt drohend den Zeigefinger.

Herr Knorff steckt in einem rosa-grün gestreiften Strampelanzug. Darüber sitzt ein flauschiges rosa Babyjäckchen mit kleinen Watschelenten vorne drauf. An den Füßen trägt er gestrickte Babyschuhe mit Bommeln, und auf dem Kopf sitzt ein Babymützchen, unter dem sich die wilden Knorffhaare hervorkräuseln. Alles Sachen von Lisas kleinster Babypuppe.

Otto hält sich die Hand vor den Mund. Seine Wangen blasen sich auf. Und dann platzt er los. Er lacht und lacht und kringelt sich, und plötzlich muss Herr Knorff mitlachen.

Babymützchen, Babyschuh,
ja, das ziert den Knorff, juchhuu!

Sie kichern und prusten und schlagen sich auf die Schenkel. Otto holt wieder den Spiegel aus dem Bad. Herr Knorff hält sich den Bauch vor Lachen, als er sich in seinen rosa Baby-Sachen sieht. Mitten in ihr Lachen schrillt das Telefon.

Otto läuft aus dem Zimmer. Als er wieder zurückkommt, lacht er nicht mehr.

Der Besuch

„Was ist denn los?“, fragt Herr Knorff. „Du siehst nicht gut aus, wenn ich mir die Bemerkung erlauben darf.“

Otto sinkt auf seinen Schreibtischstuhl und rauft sich die Haare. „Das war Tante Agathe“, stöhnt er.

„Tante Agathe“, überlegt Herr Knorff. „Mir scheint, ich habe diesen Namen schon einmal gehört.“

Otto wird ganz klein auf seinem Stuhl.

„Tante Agathe“, erklärt er und muss schlucken, damit die Worte aus seinem Mund herauskönnen. „Tante Agathe ist die Tante von Papa. Sie hat als Kind hier gewohnt. Ihr gehört dieses Haus. Wir dürfen hier wohnen und wir müssen nicht viel Miete bezahlen. Papa und Mama verdienen nämlich nicht so viel Geld.“

„Dann ist das doch gut-gut, dass ihr hier wohnen dürft“, sagt Herr Knorff.

„Ja“, sagt Otto, „aber Tante Agathe will, dass in ihrem Haus immer alles aufgeräumt und sauber ist. Und jetzt hat Onkel Justus ihr erzählt, dass es bei uns immer so unordentlich ist. Und da will sie uns rausschmeißen und Onkel Justus das Haus geben.“
„Ach, du großer Knorff-Knorff!“, sagt Herr Knorff. Ein bisschen kann er Tante Agathe ja sogar verstehen, aber das sagt er nicht.
Otto nickt bekümmert. „Wir hätten ja noch eine Chance gehabt. Sie wollte nächste Woche kommen und sich das Haus ansehen. Und wir wollten vorher alle zusammen alles ganz ordentlich aufräumen.“
Herr Knorff erinnert sich an das Gespräch, das er hinter dem Sofa mit angehört hat. „Picobello wolltet ihr es machen“, sagt er. „Das ist doch gut.“

Alles macht ihr blitze-schnello
sauber, rein und picobello.

„Ja“, ruft Otto, „das hatten wir vor. Aber jetzt hat Tante Agathe eben angerufen und sie kommt nächste Woche nicht.“

„Wann kommt sie denn dann?“, fragt Herr Knorff.
„In zwei Stunden!“, schreit Otto. „Sie ist heute Abend hier in der Stadt zu einem Geburtstag eingeladen und da kommt sie vorher hier vorbei. Um fünf. Und jetzt ist es drei.“
„Ach, du großer Knorff-Knorff!“, murmelt Herr Knorff.
„Was soll ich nur machen?“, jammert Otto. „Meine Eltern sind mit Lisa beim Kindergartenfest und Mama hat ihr Handy hier vergessen. Wie soll ich das schaffen, hier in zwei Stunden alles aufzuräumen, ich ganz alleine?“
Herr Knorff stellt sich in seinem Babyhöschen aufrecht hin. „Du bist nicht alleine, wenn ich mir die Bemerkung erlauben darf. Ich, Knobelius Knorff, bin auch noch da. Und zusammen, sage ich dir, schaffen wir das. So wahr ich Knobelius Knorff heiße!“

Zusammen, zu zweit,
da kommt man ganz weit,
da schafft man was weg,
besonders den Dreck.

Die große Aufräum-Aktion

Wenn Häuser sich wundern könnten, dann würde das Haus von Otto sich jetzt wundern, dass die Balken krachen. Denn so etwas wie jetzt ist in diesem Haus noch nie passiert, seit Otto und seine Familie hier wohnen.

Otto und Herr Knorff brausen durch das Haus wie ein Orkan.

Sie rasen in den Flur und stopfen alle Mützen und Handschuhe in die Kommode. Sie sammeln die Schuhe ein und stellen sie ordentlich ins Schuhregal.

Sie stürmen ins Elternschlafzimmer und schmeißen alle Kleider in den Schrank. Otto muss kräftig nachtreten, damit der Schrank zugeht. Dann macht er das Bett.

Halb vier.

Sie brettern in Ottos Zimmer und verstauen alles in den

großen Spielzeugkisten, darin hat Herr Knorff ja schon Übung.
Sie hetzen in Lisas Zimmer, Otto stopft Lisas Kleider in den Schrank und setzt ihre Puppen ins Regal, Herr Knorff sammelt Lisas Perlen vom Boden auf.
Vier Uhr.
Sie sausen in die Küche. Herr Knorff reicht Otto das Geschirr aus der Spüle, Otto räumt es in die Spülmaschine. Sie wischen die Tischplatten ab.
Sie sprinten in Papas Labor und pusten den Staub von den Reagenzgläsern.
Sie rennen in Mamas Arbeitszimmer, rücken die Papiere gerade und stauben sie ab.
Sie preschen ins Wohnzimmer und schmeißen Bücher, Zeitungen und Sofakissen an ihren Platz. Otto schnappt sich die leeren Gläser und Tassen, die überall herumstehen, und räumt sie blitzschnell in die Spülmaschine.
Halb fünf.
„So“, keucht Otto. „Jetzt nur noch schnell staubsaugen, dann sind wir fertig.“
Aber noch bevor sie den Staubsauger holen können, klingelt es.

Tante Agathe ist zu früh gekommen.

Herr Knorff sieht sich panisch nach einem Versteck um.

Otto öffnet die Tür.

Tante Agathe

Tante Agathe hat ein rotes Gesicht. Sie ist so groß und so dick, dass sie fast die ganze Tür ausfüllt. Auf ihrem Kopf sitzt ein Hut mit einer riesigen Mohnblume.

Otto verbeugt sich. „Guten Tag, Tante Agathe", sagt er und bemüht sich, so höflich zu sein wie Herr Knorff. „Erlaube, dass ich dir unser Haus zeige."

„Mein Haus", verbessert Tante Agathe. „Und wieso zeigst du mir das Haus? Wo sind deine Eltern? Ich kann ja wohl erwarten, dass sie zu Hause sind, wenn ich zu Besuch komme."

Otto überlegt blitzschnell. „Ähhh – d-d-die mussten ins Krankenhaus. Ein – ja, ein Notfall. Mama hat – äh – wahrscheinlich Blinddarmentzündung."

„Aha", grummelt Tante Agathe ungnädig. „Na, dann mal los."

Zitternd geht Otto mit Tante Agathe durchs Haus. Sein

Herz hämmert, als würde ein Verrückter in seiner Brust auf einem Xylofon herumklopfen.
Tante Agathe hat schlechte Laune, das merkt man. Und von Zimmer zu Zimmer wird ihre Laune schlechter.
Sie runzelt die Stirn. Sie schüttelt den Kopf. Sie wird wütender und wütender.
„Unglaublich!“, murmelt sie wieder und wieder. „Was für eine Frechheit!“
Otto zittert immer mehr. Er kann kaum noch die Türklinken herunterdrücken. Sie haben sich solche Mühe gegeben mit dem Aufräumen und jetzt ist es Tante Agathe doch nicht gut genug!
„Wenn ich das gewusst hätte!“, schnaubt Tante Agathe. „Aber jetzt weiß ich es. Jetzt hab ich es mit eigenen Augen gesehen!“
Otto würde sich am liebsten in seinem Bett unter der Decke zu einer kleinen Kugel zusammenrollen, so elend ist ihm zumute.

Tante Agathe wird sie rauschmeißen, das ist klar. Wenn sie umziehen müssen, wird er alle seine Freunde verlieren! Und dann ist da ja auch noch sein Fußballverein! Sie stehen doch kurz vor der Meisterschaft!
Als er Tante Agathe das Wohnzimmer zeigt, fühlt er sich so schlapp, dass er sich an die Wand lehnen muss.
„Dacht' ich es mir doch!", zischt Tante Agathe. „Hier also auch!" Und dann explodiert sie.
„Dieser Justus!", schreit sie, „dieser unverschämte Lügner! Enterben werde ich den! Unordentlich wär es bei euch, hat er gesagt, völlig chaotisch, kein Durchkommen vor lauter Müll. Und was ist die Wahrheit? Ich hab noch nie so ein aufgeräumtes Haus gesehen!"
Otto muss sich setzen, so erleichtert ist er.
„Aufgeräumt und ordentlich", wiederholt Tante Agathe. „Jedes einzelne Zimmer, von oben bis unten, vom Wohnzimmer bis zur, zur …" Tante Agathe sucht nach dem passenden Wort. „… bis zur Rumpelkammer."
Otto schnappt nach Luft.
„W-w-welche Rumpelkammer?"
Tante Agathe lächelt verträumt. „Na, die Rumpelkammer unterm Dach, wo ich mich als Kind immer

versteckt habe, wenn wir Verstecken gespielt haben. Die haben wir ja ganz vergessen."

„Ach", stottert Otto, „D-das macht doch nichts. D-da oben ist es picobello. Und ich-ich will dich jetzt nicht noch länger aufhalten. Du-du musst doch bestimmt los zum Geburtstag!"

„Nein, nein", sagt Tante Agathe entschieden. „Die Rumpelkammer sehe ich mir auf jeden Fall noch an. Denn an der Rumpelkammer, da zeigt sich's, ob eine Familie wirklich durch und durch und bis in den letzten Winkel ordentlich ist oder nur so drüber hinpfuscht mit dem Aufräumen. Gehen wir."

Otto schlottert am ganzen Körper, seine Gedanken flattern durch seinen Kopf wie aufgescheuchte Vögel. Was soll er nur machen? Die Rumpelkammer haben sie ja nicht aufgeräumt, die ist doch total vermüllt!

„Ich geh schon mal vor!", schreit er und rast die Stufen zum Dachboden hinauf. So schnell er kann schließt er die Rumpelkammer ab, fummelt den Schlüssel aus dem Schloss und steckt ihn in die Tasche.

„Es – es ist nämlich so", ruft er Tante Agathe zu, „die Schrumpelklammer – äh – die Rumpelkammer, die benutzen wir schon lange nicht mehr, und der Schlüssel, der ist weg."

„Hm", sagt Tante Agathe. „Ja dann …"

Otto atmet auf.

„Zum Glück habe ich ja immer alle meine Schlüssel dabei", sagt Tante Agathe.

Sie nimmt einen riesigen Schlüsselbund aus ihrer großen Handtasche und probiert alle Schlüssel durch. Bei jedem Schlüssel hofft Otto, dass er nicht passt.

„Also, das war schon mal nichts", sagt Tante Agathe und wirft den Schlüsselbund zurück in ihre Handtasche.

Gerade noch gut gegangen, denkt Otto.

„Aber so leicht", sagt Tante Agathe, „gibt Agathe Wohlgemut nicht auf."

Sie nimmt ihren Hut ab, zieht eine Haarnadel aus ihrem grauen Dutt, biegt sie zurecht und schiebt sie ins Türschloss. „So", sagt sie und zwinkert Otto zu, „jetzt wollen wir doch mal sehen!"

Otto zerrt am Ausschnitt seines T-Shirts, aber das hilft nichts. Er bekommt trotzdem fast keine Luft.

„Tja", sagt Tante Agathe, „Das Schloss ist natürlich rostig geworden im Lauf der Zeit."

„Dann bemüh dich doch nicht weiter, Tante Agathe“, fleht Otto.
Aber Tanta Agathe stochert und ruckelt und rüttelt und dreht …
Klick, macht das Schloss.
„Na bitte“, sagt Tante Agathe. Sie drückt die Klinke herunter.
„NEIN!“, schreit Otto.
Quiiiietsch! Die Tür schwingt auf.
Otto kann nichts sehen, weil Tante Agathe mit ihrer dicken Gestalt den ganzen Türrahmen ausfüllt.
„Bitte, Tante Agathe“, stammelt Otto. „Die Rumpelkammer – das ist doch nicht so ein wichtiges Zimmer! Da ist es doch egal, ob’s da aufgeräumt ist!“

„Ja“, sagt Tante Agathe, „aber an der Rumpelkammer zeigt sich’s.“
Sie geht ein bisschen zur Seite. Otto linst an ihr vorbei.
„Boah!“, sagt er.
Die Rumpelkammer ist nicht wiederzuerkennen. Alles blitzt und blinkt. Alles ist ordentlich aufeinandergestapelt, zusammengefaltet, nach Größe geordnet, aufgehängt. Kein einziges Spinnennetz ist zu sehen. Durch das frisch geputzte Dachfenster scheint die Abendsonne auf die polierten Marmeladengläser, die wie Kristall funkeln.
„Knobelius, du Held!“, flüstert Otto.
„Eine durch und durch ordentliche Familie!“, murmelt Tante Agathe zufrieden und wendet sich zum Gehen.
Aber dann dreht sie sich mit einem Ruck um. „Was war das?“, ruft sie. „Da hat sich doch was bewegt! Habt ihr etwa Ratten in der Kammer? Hier war es! Genau hier!“
Sie schiebt einen Kleiderstapel zur Seite. Und hinter dem Stapel ist wirklich etwas. Besser gesagt, dort ist jemand. Stocksteif steht dort jemand in einem rosa-grün gestreiften Strampelanzug mit Babyjäckchen, Babymützchen und Babyschuhen.
„Was ist denn das für eine entzückende kleine Puppe?“,

quietscht Tante Agathe. „Fast genauso eine hatte ich als Kind! Die hat ja sogar meine alten Puppenkleider an! Nein, ist die niedlich!"
Sie beugt sich vor. Herr Knorff hält den Atem an.
„Unglaublich, wie echt diese Puppe aussieht!", sagt Tante Agathe. „Man könnte meinen, sie ist lebendig! Aber dass ihr die in die Rumpelkammer tut ...!"
Tante Agathe nimmt Herrn Knorff auf den Arm und schaukelt ihn. Herrn Knorff wird ein bisschen schlecht, vom Schaukeln und von Tante Agathes Parfum. Außerdem drückt Tante Agathe ihn so fest an sich, dass er kaum Luft bekommt. Er wirft Otto einen verzweifelten Blick zu. „Gib der lieben Puppenmama ein Küsschen!", säuselt Tante Agathe und bedeckt Herrn Knorffs Gesicht mit feuchten Schmatzern.
„Unterlassen Sie das, meine Dame, wenn ich bitten darf!", ruft Herr Knorff.
Otto schaut ihn entsetzt an und legt den Zeigefinger auf den Mund.
Tante Agathe hält Herrn Knorff von sich weg und sieht ihn fassungslos an. „Hat die Puppe etwa gerade gesprochen?"

„Äh, nein, natürlich nicht“, sagt Otto schnell. „Das war bloß ich. Ich – äh – ich wollte dich nur erinnern, du musst jetzt wirklich dringend los, glaube ich.“
„Stimmt“, sagt Tante Agathe. „Aber die Puppe darf ich mitnehmen, oder? Das ist doch zu schade, dass die hier in der Rumpelkammer rumsteht.“
Herr Knorff wird blass.
„Das kannst du nicht machen!“, schreit Otto.
„Wieso nicht?“, fragt Tante Agathe. „Ihr braucht sie ja eh nicht mehr. Ich werde sie Monika nennen. Ich hatte früher auch eine Puppe, die Monika hieß. Komm, Monika, meine Süße!“
Und bevor Otto noch etwas sagen kann, hat Tante Agathe Herrn Knorff in ihre riesige Handtasche gesteckt und den Reißverschluss zugezogen.
„So“, sagt sie, „dann habe ich jetzt alles gesehen. Und natürlich könnt ihr im Haus bleiben! Bessere Hausbewohner kann man sich ja gar nicht wünschen!“ Sie steigt die Treppen hinunter. An ihrem Arm baumelt die Handtasche.
Dem armen Herrn Knorff ist bestimmt schon ganz schwindelig, denkt Otto verzweifelt. Er kann doch nicht

zulassen, dass sie Knobelius einfach mitnimmt! Aber er kann ihr doch auch nicht die Handtasche wegreißen!

Zum Glück muss Tante Agathe noch aufs Klo. Und zum Glück lässt sie ihre Tasche im Flur stehen. Otto ratscht den Reißverschluss auf.

„Los, komm raus, Knobelius!“, zischt er. „Zieh die Puppenklamotten aus!“

So schnell hat Herr Knorff sich noch nie ausgezogen! Otto rast in Lisas Zimmer und holt die echte Babypuppe. In Rekordzeit ziehen sie ihr die Puppensachen an. Dann flitzt Knobelius die Treppe hinauf, und genau eine Sekunde, bevor Tante Agathe aus der Gästetoilette kommt, pfeffert Otto die Puppe in die Tasche und zieht den Reißverschluss zu.

„So nett war das bei dir, lieber Otto!“, säuselt Tante Agathe. „So einen schönen Nachmittag hatte ich schon lange nicht mehr! Ich komm jetzt öfter zu Besuch. Ich

werde mich gar nicht groß anmelden – ich komme einfach vorbei!"
„Sehr gern, Tante Agathe", murmelt Otto entsetzt und verbeugt sich. „Auf Wiedersehen, Tante Agathe!"
Das ist ja gerade noch mal gut gegangen! Aber noch bevor Tante Agath das Haus verlassen hat und alle Steine von Ottos Herzen heruntergepurzelt sind, dreht sich der Schlüssel im Haustürschloss. Die Tür geht auf, und im Flur stehen Papa und Lisa. Hinter ihnen Mama, strahlend und gesund.
Ach, du dreimal gequirlte Kakadu-Kacke!, denkt Otto.

Mein Freund Knobelius

„Tante Agathe!“, stammelt Ottos Vater.

„Du – du – du wolltest doch erst nächste Woche kommen!“, ruft Mama. Otto hat sie noch nie so verzweifelt gesehen. Auf ihrer Stirn stehen kleine Schweißtropfen.

„Bitte, Tante Agathe, mit dem Haus – das kann ich alles erklären!“

„Ich habe schon alles gesehen!“, dröhnt Tante Agathe.

Ottos Eltern werden ganz blass.

Tante Agathe sieht Ottos Mutter kritisch an. „Hättest du nicht lieber im Krankenhaus bleiben sollen? Du siehst wirklich nicht gut aus!“

„Wieso im Krankenhaus?“, fragt Frau Wohlgemut.

Hinter Tante Agathes Rücken reißt Otto die Augen auf und presst den Zeigefinger auf den Mund. Dann macht er vor seinem Mund eine Bewegung, als ob er einen Reißverschluss zuzieht.

„Vielleicht war es ja doch keine BLINDDARMENTZÜNDUNG!“, brüllt er.
„Nein, anscheinend ja nicht“, sagt Tante Agathe. „Also dann auf Wiedersehen! Wunderbare Ordnung überall bei euch! Gute Besserung weiterhin, und bis bald, ihr Lieben!“
Sie gibt Otto, Lisa und den Eltern schmatzende Küsse auf die Wangen und rauscht aus der Tür.
Otto atmet tief aus. Er fühlt sich so erschöpft, als wäre er gerade einen Marathon gelaufen.
„Was war das denn jetzt?“, flüstert Herr Wohlgemut.
„Was hat sie damit gemeint, dass hier so eine wunderbare Ordnung ist?“, fragt Frau Wohlgemut. „Es war doch überhaupt nicht aufgeräumt!“
„Doch“, sagt Otto. „Überall. Sogar in der Schrumpel, äh, Rumpelkammer.“
„Aber liebster, bester Otto“, ruft Frau Wohlgemut, „wie hast du das denn nur so schnell ganz alleine geschafft?“
„Ich hab es ja gar nicht alleine geschafft“, sagt Otto.
„Der da hat mir geholfen.“
Er zeigt zur Treppe. Die Treppe hinunter kommt ein sehr kleiner Herr mit einem noch kleineren Hut.

„Das“, sagt Otto, „das ist mein Freund Knobelius.“ Herr Knorff strahlt übers ganze Gesicht. Er nimmt den Hut ab und verbeugt sich. „Knorff mein Name, Knobelius Knorff. Hocherfreut, nun auch offiziell Ihre Bekanntschaft zu machen. Es ist mir eine Ehre und eine Freude, in Ihrem Haus sein zu dürfen.“
„Ich glaube“, sagt Ottos Mama, „ich werde ohnmächtig.“

Ey Mann, wie freu ich mich!

Aber sie wird nicht ohnmächtig.
Stattdessen setzen sich alle ins Wohnzimmer und Herr Knorff und Otto erzählen abwechselnd von Tante Agathe und der großen Aufräumaktion. Sie erzählen, wer Herr Knorff ist. Und von der Rumpelkammer, die Knobelius ganz alleine und in letzter Sekunde aufgeräumt hat.
„Ihr habt uns gerettet, ihr zwei!“, sagt Ottos Mama.
„Ja“, sagt Ottos Papa. „Ohne euch hätten wir jetzt kein Haus mehr! Das habt ihr super gemacht!“
Otto wird ganz rot vor Stolz. „Ohne Knobelius hätte ich das nie geschafft, hab ich ja schon gesagt. Knobelius ist nämlich der beste Aufräumer, den es gibt.“
Jetzt wird Knobelius ganz rot vor Stolz. „Allerverbindlichsten Dank, lieber Otto!“, sagt er und verbeugt sich. „Aber ohne dich hätte ich das auch nie geschafft, denn

ohne dich und dein heißes Bad wäre ich wahrscheinlich erfroren!“

Und er erzählt von seinem Bad in der Salatschüssel.

„Salatschüssel“, sagt Ottos Papa. „Genau das richtige Stichwort. Ich habe schon ein Loch im Bauch vor Hunger. Ich gehe jetzt erst mal in die Küche und mach uns was zu essen.“

„Ich helfe dir“, sagt Frau Wohlgemut.

Eine halbe Stunde später ist der Tisch im Wohnzimmer gedeckt. Es gibt Nudeln mit Soße und Salat aus der Salatschüssel, die Herr Wohlgemut sorgfältig ausgewaschen hat. Und zum Nachtisch Apfeleierkuchen und Bienenstich vom Kindergartenfest.

Alle freuen sich, dass sie im Haus bleiben können. Sie reden und lachen. Herr Knorff sitzt auf dem Tisch in einem Puppenstuhl von Lisa. Der Stuhl ist ein bisschen staubig, aber das macht Herrn Knorff nichts aus. Er strahlt über sein ganzes Knorffgesicht. Er isst, schmaust und schlemmt. Noch nie hat ihm etwas so köstlich geschmeckt. Er kannte bis jetzt ja nur Knorffsoppe und Himbeeren. Und vor allem kannte er es nicht, mit Freunden gemeinsam am Tisch zu sitzen und zu essen.

Herr Knorff muss an das Knorff-Lied denken: „Ey, weg da, hier komm ich!“ Und vor lauter Freude dichtet er es um.

Ey Mann, wie freu ich mich!
Komm her, dann drück ich dich.
Salat und Eierkuchen
will ich mit euch versuchen,
und gern auch Bienenstich!
Ey Mann, wie freu ich mich!

Herr Knorff steht vor seinem Puppenstuhl und schwingt seinen Hut und schmettert sein neues Lied, und alle singen mit.
„Aber es gibt da noch ein Problem“, sagt Otto schließlich. „Es hat Tante Agathe so gut bei uns gefallen, dass sie jetzt öfter bei uns vorbeikommen will – einfach so, ohne sich anzumelden.“
Frau Wohlgemut verschluckt sich an ihrem Rotwein. „Das ist ja furchtbar!“, hustet sie. „Dann müssen wir ja ab jetzt immer aufräumen – wie sollen wir das denn schaffen?“
„Ach, das schaffen wir schon“, sagt Otto. „Wir sind ja nicht alleine hier. Bei uns wohnt doch jetzt der beste Aufräumer der Welt.“
Herr Knorff nimmt seinen Hut ab und verbeugt sich vor Frau Wohlgemut. „Ich kann Ihnen sehr gern behilflich sein, liebe Frau Wohlgemut. Natürlich nur, wenn Ihnen das recht ist!“
Frau Wohlgemut lächelt ihn an. „Vielen Dank, lieber Knobelius. Das ist mir sogar sehr recht. Möchtest du vielleicht noch ein Stückchen Apfeleierkuchen?“
Und das möchte Knobelius Knorff unbedingt.

Annette Roeder

DIE KRUMPFLINGE

Egon zieht ein
96 Seiten,
ISBN 978-3-570-15858-6

Egon wird erwischt
96 Seiten,
ISBN 978-3-570-15859-3

Egon schwänzt die Schule
96 Seiten,
ISBN 978-3-570-17090-8

Egon taucht ab
96 Seiten,
ISBN 978-3-570-17123-3

Egon rettet die Krumpfburg
96 Seiten,
ISBN 978-3-570-17262-9

Egon wird großer Bruder
80 Seiten,
ISBN 978-3-570-17284-1

Egon wünscht krumpfgute Weihnachten
96 Seiten,
ISBN 978-3-570-17344-2

Egon macht Ferien
96 Seiten,
ISBN 978-3-570-17395-4

8308_8

www.cbj-verlag.de

© Agnieszka Kosakowska

Andrea Schomburg ist in Kairo geboren und im Rheinland aufgewachsen. Schon als Kind wollte sie Schriftstellerin werden, hat dann aber zunächst als Gymnasiallehrerin, Lyrikerin und Kabarettistin gearbeitet, bis das Schreiben für Kinder allmählich doch zu ihrem Hauptberuf wurde. Andrea Schomburg schreibt in Hamburg und Berlin, in Arbeitszimmern, die immer etwas knorffig aussehen.

© Stefanie Reich

Stefanie Reich, 1984 geboren, studierte Visuelle Kommunikation an der Bauhaus-Universität in Weimar. Sie lebt und arbeitet als freie Illustratorin in Leipzig.